KB219266

블라
블라
블라

글. 김 강
그림. 윤은경

도서출판 득수

블라 블라 블라

초판 | 2025년 4월 30일

지은이 **김 강, 윤은경**
펴낸이 **김 강**
편집 **최미경**
디자인 **토탈인쇄** 054.246.3056
인쇄·제책 **아이앤피**
펴낸 곳 **도서출판 득수**
출판등록 2022년 4월 8일 제2022-000005호
주소 경북 포항시 북구 장량로 174번길 6-15 1층
전자우편 2022dsbook@naver.com
ISBN 979-11-990236-5-9

값9,000원

블라

블라

블라

아이가 그것의 어딘가를 만졌어.

그것은 눈을 떴지.

귀가 열린 순간이기도 해.
아이의 말이 들렸으니까.

"안녕."

아이가 만져서 눈을 뜬 것인지,
말을 걸어서 눈을 뜬 것인지 알 수 없었어.
그것은 자신에 대해서도 알지 못했지.
그것이 처음 본 것이 아이였다는 것,
유일하고 분명한 사실이었어.

"밖에 나가 야구해요."

아이가 졸라댔을 거야. 아빠는 '일요일은 쉬는 날'이라 굳게 믿고 있었어. 아이의 형은 스마트폰 게임을 하기 위해 친구들의 연락을 기다리던 중이었고.

하지만 웃으며 바라보는 아내, 엄마의 은근한 압력, 진공청소기의 소음을 그들은 거스를 수 없었지.

아이와 형, 아빠는 아파트 뒤 작은 운동장으로 나갔어. 4월? 5월? 5월이었을 거야. 운동장을 둘러싼 철쭉 가지마다 주황 꽃이 피었고 철쭉 뒤 장미 꽃봉오리가 살랑거리는 바람을 따라 동동거렸거든.

5월의 어느 일요일, 그들은 아파트 작은 운동장에서 야구를 했어. 아이는 수비하는 것을 좋아했지. 아빠가 던지고 형이 공을 치거나 형이 공을 던지고 아빠가 치면 아이는 공을 따라다녔어. 높이 뜬 공을 쫓아가다 넘어지기도 했지만 그렇게 무릎이 까여도 공을 잡은 뒤에야 아프다며 눈물을 글썽이는 그런 아이였어.

아빠가 던진 공을 형이 쳤어. 공은 아이의 가랑이 사이로 빠져나갔지. 공을 쫓아 달려간 아이의 앞에 그것이 서 있었어. 그것에 공이 부딪혀 멈춰 있었던 거지. 공을 주워 든 아이는 그것을 올려보았어. 그리고 말했지.

"안녕"

……

"고마워."

……

아이는 안경을 끼고 있었어. 넓은 귓바퀴와 귓불로 둘러싸인 귓구멍이 앞을 향해 있었지. 세상의 모든 소리를 들을 수 있는 듯 보였어. 불룩하게 솟아 있는 뒤통수 속은 질문으로 가득 채워져 있는 것 같았지. 녹색과 검정이 섞인 반팔 셔츠에 무릎 아래로 내려오는 짧은 바지를 입었고 뒤 호주머니 근처와 무릎에는 몇 번 넘어진 탓에 흙이 묻어 있었어. 대답을 듣겠다는 듯 동그래진 눈으로 올려보는 아이를 보며 그것은 무어라 말을 하려 했지만 아무것도 하지 못했어. 소리를 낼 수 없었던 거야. 어디쯤 입이 있는지 알 수 없었으니까. 그것이 할 수 있는 것은 아이의 말을 듣는 것과 아이를 보는 것뿐이었어. 심지어 무엇으로 아이를 보고 있는지 아이의 말을 듣는지조차 알지 못했어.

(왜? 무슨 일이야?)

아이의 아빠가 뒤따라 와 물었어. 그것은 그 말을 듣지 못했어. 아빠의 얼굴과 입술이 움직이는 것은 보이는데 그가 하는 말은 들리지 않는 거야.

“아니요. 형아가 친 공을 두 번이나 막아 주었어요. 고맙다고 인사하는 중이었어요.”

(그래? 뭐라고 하든?)

“아무 말 안 했어요. 그래서 잠깐 쳐다보고 있었어요.

(어떻게 말을 하냐? 유딩아.)

뒤늦게 온 아이의 형이 아이의 엉덩이를 툭 치며 말했어. 아니 말하는 듯 보였지. 그것에게는 그 말도 들리지 않았거든.

"나도 내년에는 초딩이거든."

(어쨌든 지금은 유딩이지.)

"아빠 형아가 나보고 유딩이라고 놀려요."

(그래? 아빠 생각에는 놀리기보다는 사실을 말한 것 같은데.)

"치, 형아랑 안 놀 거야."

(그럴까. 이제 엄마가 집 청소도 다 하셨을 것 같은데. 집에 가자. 아빠 목마르다. 물도 마시고 싶고.)

"아빠, 음료수."

(엄마한테는 비밀이다. 가자.)

"그런데, 아빠 이 나무 이름이 뭐예요?"

(이 나무는 벚나무. 지난번 벚꽃 축제에서 본 적 있지 않니?)

"아, 생각나요. 벚나무. 하얀색? 분홍색? 작은 꽃들. 이 나무도 벚나무였구나."

아이가 돌아간 뒤, 그것은 생각이란 것을 했어.

자신이 벚나무라는 것, 아이가 내년에는 초딩이라는 것이 된다는 것, 아이의 말은 들리지만 다른 사람의 이야기는 듣지 못한다는 것.

그리고 아이의 뒷모습까지 볼 수 있다는 것을 알게 되었어. 자신의 눈이 어디에 있는지 모르는데도 말이지. 자신을 둘러싼 형상들, 이상하게 생긴 기둥, 기둥에서 뻗어 나온 작고 길쭉한 가지들과 파란 잎들을 보며 그것이 무엇인지 궁금해하다 이윽고 자신 또한 그렇게 생겼다는 걸 깨달았어.

그 와중에 지나가는 바람은
가지들과 파란 잎들을 간지럽혔어.

아이에게 말을 할 수 없듯 주위의 그것들에게도 말을 걸 수 없었어.

자신의 어딘가, 소리를 낼 수 있는 곳을 찾지 못했고 어디에 힘을 줘야 하는지 몰랐어. 아니, 그것들이 아직 눈을 뜨지 못했고 귀를 열지 못했기 때문일 수도 있어.

아이가 다시 말을 걸어올 때까지 그것은 자신과 주위를 살폈어. 기둥 같은 몸통과 그 위로 점점 가늘어지는, 마지막 갈라짐까지 헤아린다면 총 백팔십 네 개가 되는 가지들과 다 세어보면 무려 일 만 구천여 개가 되는 파란 잎들을 알게 되었지.

검고 조그만 그리고 약간 둥글게 길쭉한 것들이 일 만여 개 정도 달려 있다는 것도 알았어. 처음에는 이것들이 자신의 눈이지 않을까 생각해 보았지만 약한 바람에도 쉽게 떨어지는 것을 보아 눈은 아닌 것 같았어. 스스로를 볼 수 있었으니 그것의 눈은 아이처럼 어느 한쪽으로만 향하는 것은 아니라 생각했지. 결론을 내리지 못했어. 결국 가지와 잎들 사이 어딘가 혹은 그것들 전부에 눈이 있다는 것으로 적당한 타협을 했지. 그것은 하나씩 적당한 타협을 만들어 갔어. 적당한. 그래, 적당한 타협을 즐기는 것 같았어. 물론 자신에게 일어난 기적에 대해 감사했어. 그것은 아이에 대한 감사이기도 했고. 문득 그것의 시선을 붙잡는 것이 있었는데 맞은편 철쭉 뒤 맺혀 있는 장미의 꽃봉오리였어. 자신의 온 눈들이 장미의 꽃봉오리를 살피는 거야. 꽃봉오리가 특이하게 생겨서가 아니었어.

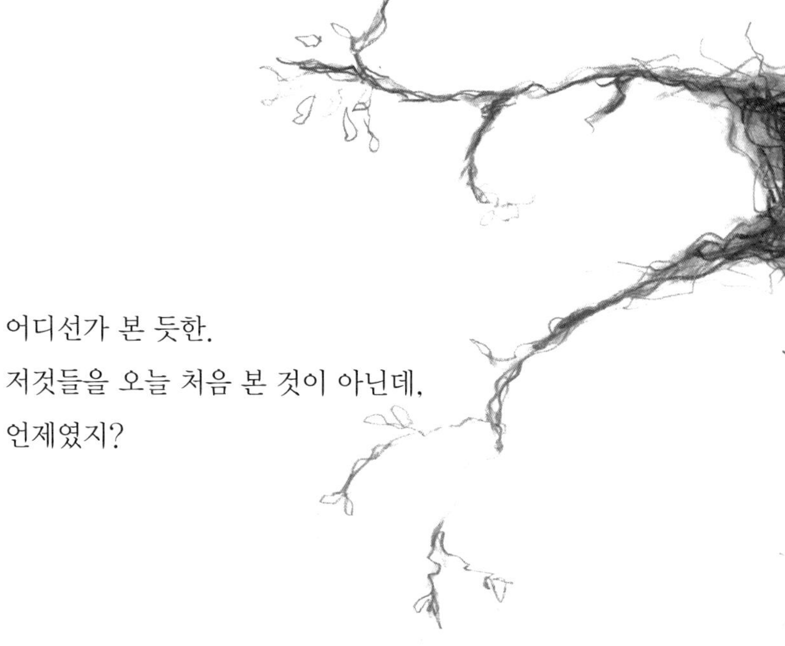

어디선가 본 듯한.
저것들을 오늘 처음 본 것이 아닌데,
언제였지?

수요일 오후, 아이가 찾아왔어. 그날 오전 근무만 한 아빠가 유치원을 마치고 돌아오는 아이를 마중 나갔고 아이를 만나 아이가 좋아하는 아이스크림을 사서 돌아오는 길이었어. 아이와 아빠가 그것의 옆 등나무 벤치에 앉게 된 거야.

"아빠, 벚나무가 영어로 뭔지 아세요?"
(영어로? 모르겠는데.)
아빠는 두 어깨를 으쓱하며 말했어.
"그것도 몰라요? 체리 블로섬이래요. 뭔가 있어 보여요. 체리 블로섬, 예쁘죠?"
(그래? 정말 예쁘네. 어떻게 알았어?)
"유치원에서요. 선생님한테 여쭤봤어요. 벚나무보다 더 멋진 이름 같아요."
(왜 그게 더 멋진 것 같아? 아빠는 벚나무도 좋은데.)
"음. 그냥요. 이 나무가 말을 할 수 있다면 외국인처럼 '블라 블라 블라' 이렇게 말할 것 같아요. 그렇지 않아요? 잘 보면 머리도 비슷해요. 파마머리."

(그것 참 재밌네. 블라 블라 블라. 입에 잘 붙는구나.)

“

그리고 또 있어요. 열매를 달고 있으니 아줌마겠지요. 그렇지만, 아줌마라 부르기는 좀 그러니까, 블라블라블라. 저는 오늘부터 이렇게 부를 거예요.

안녕, 블라블라블라.

”

블라블라블라. 이름이 생겼어. 아이의 이야기를 들을 수 있다는 뿌듯함에 자신만의 이름이 생겼다는 우쭐함까지 더해졌지. '블라 블라 블라' 하고 소리를 내어보려 했지만 소리는 나지 않았어. 아이의 인사에 대답도 하고 싶고 고맙다 말해주려 했지만 하지 못했지. 블라블라블라는 무엇이든 해보려 했지. 입이 어디에 있는지 알지 못했지만 뭐라도 해야 했어. 온몸에 힘을 주었지. 잎 몇 개가 아이의 머리 위로 떨어졌어.

불어오는 바람에 흔들리지 않겠다고 버티는 다른 나무들과는 달리 그는 가지들이 흔들리게 그냥 두었어. 그래, 오히려 기댔지. 바람이 불 때면 바람을 타고 더 흔들리려 했어. 언젠가 바람이 불지 않아도 스스로를 움직이는 법을 배워야겠어. 아이가 놀러 오면 아이 머리 위에서 가지를 흔들어야지. '고맙다'고, '네 말을 듣고 있다고'. 그렇게 결심했어.

아이는 거의 매일 놀러 왔어. 아이는 자신이 이름 붙인 나무를 찾는 것을 좋아했고 그는 자신에게 이름을 준 아이를 반겼어. 아이가 와서 노는 동안 어디에 있는지도 모르는 귀에 힘을 주며 아이가 말을 걸어주길 기다렸지. 아이가 **'안녕'**이라 말을 건네면 반가움과 기쁨으로 몸을 떨었어. 잎 하나가 떨어졌어. **'안녕'** 하고 대답하듯 말이야. 아니, **'안녕'** 하고 대답을 한 거지.

"안녕, 블라블라블라"

잎사귀 하나가 떨어졌어.

'안녕, 아이야.'

잎 하나면 **'안녕'**이라는 뜻이야. 아이와 약속을 한 것은 아니지만 어떤 식이든 아이에게 말을 건네고 대답하고 싶은 그의 선택이었어.

잎사귀 하나가 떨어지면 **'안녕'**,
잎 두 개는 **'고마워.'**

이 두 가지를 연습하는 데 일주일이 걸렸어. 그의 몸통 아래에는 수북이 잎이 쌓였지. 다행히 떨어지는 잎의 수보다 많은 잎이 새로 돋아났어.

"안녕, 블라블라블라."

잎 하나가 떨어졌어.

"요즘 외계인이 자꾸 나를 찾아와."
'외계인? 그게 뭐니?'
"밤마다 자고 있을 때 찾아와서 내 바지에 물을 붓고 가는 거야."
'바지에? 왜?'
"엄마랑 아빠는 내가 오줌을 쌌다고 생각하시는 것 같아. 외계인이 와서 물을 붓고 갔다 말해도 웃기만 하셔. 난 억울한데 말이야."
'오줌? 외계인?'

"블라블라블라, 부탁이 있어. 여기서 잘 보고 있다가 외계인이 우리 집에 들어오려고 하면 쫓아 보내면 안 될까?
'아이야, 난 외계인이 어떻게 생겼는지 모르는데.'
"여기서 우리 집이 보이잖아. 저기 보이는 104동, 9층이야. 9층에서 오른쪽. 보이지?"

'오늘 밤에 잘 살펴볼게. 무엇이 오는지 볼게. 어떻게 막아야 할지는 모르겠지만.'
"넌 어떻게 말이 없냐. 맨날 듣기만 하고."
'미안해.'
"이번 겨울이 지나면 초등학교에 입학할 텐데, 친구들까지 알게 되면 더 많이 놀릴 거잖아. 그 전에 외계인이 오는 것을 막아야 해."

'겨울? 겨울이라는 말은 처음 들어보는데, 그런데 뭔지 알 것 같아. 잎사귀 하나 없이 떨었던 것 같기도 하고. 이걸 내가 어떻게 알고 있지?'

"잘 보면, 하얗게 빛나는 동그란 것이 보일 거야. 이렇게 빙빙 돌다가 어느 순간 쑥 들어오는 것 같아. 가끔 아빠 차를 타고 가다 보면 뒤따라오고 있을 때도 있어."

'아빠한테 이야기해 봤어?'

"그럴 때마다 형아가 옆에서 외계인 같은 것은 없다면서 놀리거든."

'그래?'

"다음에 혹시 내가 깨어 있을 때 외계인이 오면 형한테 물을 붓고 가라고 할 거야. 내가 놀릴 수 있게."

'재밌겠다.'

"나 간다. 외계인 막는 것 잊지 마. 안녕."

잎 하나가 떨어졌지.

그날부터 그에게는 밤마다 해야 할 일이 생겼어.

매일 밤 아이가 가리킨 104동의 9층 오른쪽을 지켜보며 무엇이 들고 나는지 지켜보았어. 외계인이 온다면? 어떻게 막아야 할지는 몰랐어. 그저 아이를 위해 무엇인가 할 수 있다는 것만으로도 기뻤지.

아이의 방 불이 언제 꺼지는지, 아이가 언제 잠이 드는지 알게 되었어. 여전히 어디 있는지 알지 못하지만 귀는 더욱 예민해졌어. 어딘가 어색한, 쿵쾅거리는 아이의 피아노 소리도 들을 수 있게 되었지. 얕은 습기를 머금은 가벼운 바람이 가지를 스치는 맑고 선선한 아침이면 아래로 내려앉은 공기를 타고 아이의 목소리가 전해졌어.

아이의 웃음소리부터 떼를 쓰는 소리까지
들을 수 있었지.
엄마 조금만 더 있다가 자면 안 돼요?
묻고 나서야 잠이 든다는 것,
엄마 조금만 더 자면 안 돼요?
칭얼대다 야단을 맞고 나서야 잠자리에서
일어난다는 것까지.
아이가 곁에 오지 않는 날에도 아이와 함
께 있을 수 있었지.

그는 행복했어.

"블라블라블라, 고마워."

'무슨 말이야?'

"지난번에 외계인을 쫓아달라고 부탁한 것 있잖아. 그날부터 외계인이 안 오는 것 같아. 물을 붓고 가는 날도 없고. 블라블라블라가 밖에서 지켜준 거지?"

'외계인이 뭔지 모르겠지만 아무것도 오지 않은 것은 맞아.'

"이제 형아가 놀리지도 않고 아빠, 엄마도 걱정을 안 하시는 것 같아".

'다행이야. 나는 한 일이 없어. 네 방 불이 꺼지는 것을 지켜봐 준 것밖에.'

햇살이 강해졌어. 아이는 여전히 그의 말을 들을 수 없었지만 그들의 대화는 어색하지 않았고 그는 몇 가지의 대답을 더 할 수 있게 되었지.

"햇빛이 너무 뜨겁지 않아? 얼굴 탄다고 엄마가 못 나가게 한단 말이야. 내가 앉는 쪽에 그늘이 지면 좋을 텐데, 벤치가 있는 쪽은 항상 덥고 뜨겁단 말이야."

연속으로 잎 세 개가 떨어졌어.

새로 익힌 말.

미

안

해

“블라블라블라. 가지를, 잎을 이쪽으로 이렇게 더 펼쳐주면 안 돼?”

‘내가 할 수 있을까. 노력해 볼게. 어떻게 할지 생각을 좀 해봐야겠어.’

사십 도에 가까운 더위가 이어졌고 운동장에 나오는 사람은 없었어. 그는 아이를 위해 잎을 펼쳐 그늘을 넓혀갔어. 파랗고 넓은 잎사귀. 그는 가지를 만들어 낼 수 있다는 것도 알게 되었어. 아이가 앉았던 자리를 쳐다보며 어디에 있는지 알 수 없는 마음을 집중하다 보면 어느새 한 마디씩 한 마디씩 가지가 늘어나고 잎이 돋아났어. 그는 잎을 떨어뜨리는 것과 가지를 만들어 내는 것 이외에 자신이 무엇을 할 수 있는지 알고 싶어졌어. 뿌리를 움직여 볼까 생각도 해보았고 몸통을 좌우로 흔들어 바람 없이 가지를 흔드는 것도 시도해 보았지만 무리였어. 아직은 가지를 만드는 것까지. 아직은. 그는 ‘아직은’이라 생각했어. 하나씩, 하나씩 무언가 순서대로 이루어지겠지. 다음의 무언가가 무엇인지 알 수 있으면 더 좋을 텐데. 그러면, 그러면 정말 기다리기만 하면 되는데. 아닌가, 더 조급해지려나.

서늘해진 저녁 무렵 한두 명씩 사람들이 나타나기 시작했어. 예전 같으면 아파트에 불이 꺼지고 모두 잠들었을 깊은 밤, 운동장은 활기를 띠었지. 잠을 이루지 못한 아파트 주민들이 운동장으로 와 자리를 펼쳐 앉거나 벤치에 앉아 이야기를 나누곤 했어. 하지만 그에게 다른 사람의 이야기는 들리지 않았어. 아무도 오지 않던 예전의 밤이나 잠을 이루지 못한 사람들이 불을 밝히고 있는 더운 밤이나 그에게는 다르지 않았어. 사람들의 핸드폰, 랜턴의 불빛이 성가시기는 했지만 큰 불편이 되지는 않았어.

몇 밤이나 지났을까? 햇살이 강해지고 아이가 잎을 펼쳐달라 부탁한 그날 이후 언제부턴가 아이가 보이지 않았어. 아이가 앉았던 자리까지 가지를 뻗어내고 잎을 펼쳤지만 그늘 아래 앉아 있는 아이를 보지 못한 거야.

그리고 그 일이 처음 일어났어.

뜨거운 태양과 식지 않는 밤을 일곱 번 보냈을 때였어. 그늘을 만들기 위해 이제 막 새로운 마디를 또 하나 만들어 냈을 즈

음이었지. 분명 하늘 높이 해가 떠 있는 오후였는데, 누군가 자신을 비추는 랜턴 불빛에 화들짝 놀라 눈을 뜬 거야. 주위는 벌써 어두워졌고 아래에는 여느 저녁처럼 몇몇 가족들이 맥주와 통닭, 수박을 가지고 나와 먹고 있었어. 아이들은 랜턴 불빛 주위를 뛰어놀고.

'이게 잠이라는 건가?'

낮과 밤이 모여 하루가 된다는 것, 그 밤에 아이가 하는 것이 잠이라는 것을 알고 있었지만 그에게는 낮과 밤, 잠 모두 큰 의미가 없는 단어들이었어. 아이가 올 수 있느냐 없느냐, 아이의 목소리를 가까이서 듣느냐 귀를 기울여 소리를 찾느냐, 에서만 의미가 있었지. 하긴 그 정도면 작은 의미는 아니지. 아무튼 지금까지는 없었던 일이었잖아?

아이가 그를 깨운 이래로 한 번도 잠이 든 적이 없었어. 그런데 그런 일이 연이어 두세 번 일어났어. 그때마다 그는 자기가 얼마 동안 잠들었는지 며칠이 지났는지 알 수 없었지. 그동안 아이가 다녀간 것은 아닌지, 다녀갔는데 보지 못한 건지. 그는 주위를 살피며 어딘가에 힘을 줘보려 했어. 눈이 있다면 더 크게 뜨고 싶었고 귀가 있다면 더 넓게 열려고 했지. 높이 솟은 태양 아래 그렇게 힘을 주다 어느 순간 갑자기 어둠 속에 서 있는 그였어.

그는 아이의 목소리를 듣고 싶었어.

안녕, 블라블라블라. 안녕, 블라블라블라.

아이의 목소리를 이렇게 오랫동안 듣지 못한 적이 있었나? 아이와 이렇게 오랫동안 떨어져 있어 본 적이 있었나? 그의 몸통이 좌우로, 앞뒤로 흔들렸어. 크게. 잎들이 우수수 떨어졌지. 온 가지가 흔들렸고 나무 아래에 있던 사람들은 놀라서 나무를 쳐다보았지. 어떻게 된 일인지 알 수 없었지만 그날은 그가 자신의 몸을 움직일 수 있다는 것을 안 첫날이기도 해. 불쑥 찾아오는 잠에 익숙해지기 시작할 즈음이었어.

그는 더욱 열심히 가지를 펼치고 잎을 넓혔어. 언제 또다시 잠이 들지 몰랐으니까. 깨어 있는 동안 할 수 있는 모든 것을 해야 했어. 벤치 쪽으로 뻗어 나온 새 가지와 넓고 무성한 잎은 훌륭한 그늘을 만들었어.

거참, 나뭇가지 한번 요상하게 자랐네. 꼭 일부러 누가 저렇게 다듬어 놓은 것 같네. 바람에 머리가 날리는 여인의 모습 같지 않아?

보는 사람마다 말을 했지만 그는 들을 수도 없었고 관심도 없었어. 아이가 좋으면 그만이니까. 어쩌면 아이는 밤에 잠을 자고 자신은 낮에 잠을 자야 하는 것일 수도 있다 싶었어. 자신이 잠이 든 낮 동안 아이가 오더라도 아이가 그늘 아래 쉴 수 있다면 그것으로 좋다 생각했어. 하지만 아이가 건네는 목소리와 아이의 얼굴을 보고 싶었지. 아이의 목소리가 어땠는지, 아이가 어떻게 생겼는지 떠올리기 힘들어질 때마다 그는 혼자 속으로 중얼거렸어.

안녕, 블라블라블라. 안녕, 블라블라블라.

"안녕. 블라블라블라."

아이가 왔어. 그리고 잎 하나가 떨어졌어.

"정말 오랜만이지?"

'너를 보지 못하는 동안 너무 힘들었단다. 심지어 잠이라는 것도 했어. 너는 어디에 있었던 거니? 매일 왔었는데 내가 잠을 자느라 보지 못했던 거니?'

"제주도에 있는 할머니 집에 다녀왔어. 완전 좋았어. 수영도 하고 보말도 잡고."

'제주도? 거기가 어딘데? 보말은 또 뭐야?'

"보말이라 하면 알려나? 고동같이 생긴 건데. 아니다 작은 소라라고 하면 되겠다. 정말 맛있거든. 어, 그런데 이거 네가 한 거야? 그늘이 넓어졌어. 신기한데."

'이거 만드느라 힘들었단다.'

"더운 한낮에도 나와 앉아 있을 수 있겠어."

'부탁이야. 매일 나에게 말을 걸어줄 수는 없는 거니?'

"혹시 말인데, 너. 내 말이 들리는 거야? 내가 무슨 말을 하는지 듣고 있는 거야?"

'응, 들려. 아주 잘. 네 말만.'

그는 '응'이라는 단어를 왜 만들어 내지 않았는지 후회했어.

"설마, 나무가 내 말을 들었을 리는 없고, 아빠 말처럼 햇볕 쪽으로 가지가 자라난 건가?"

아이가 혼잣말을 했어.
'아니야, 너를 위해 내가 준비한 거야.'

그늘은 아이의 놀이터가 되었어. 한낮 오후부터 해가 질 무렵까지 해가 어느 쪽에 가 있어도 그늘이 졌으니까. 곧 그 운동장의 쉼터가 되었지. 다른 아이들이 먼저 와 자리를 차지하는 날도 생겼지. 그런 날, 아이가 왔다 그냥 돌아가 버리면 그는 다른 아이들이 미웠고 은근히 가지를 옆으로 비켜놓기도 했어.

'아이를 위해서 만든 그늘인데.'

아이가 돌아온 뒤로 그는 다시 잠이 든 적이 없었어. 갑자기 정신을 잃는, 아이가 다녀갔는지 알 수 없이 깨어나는 일은 생기지 않았지. 다행이라고 생각했지만, 한편으로는 더 불안해졌어. 그런 일이 생긴 이유를 알 수 없었으니까 잠이 들지 않아서 아이를 볼 수 있는 건지, 아이가 와서 잠이 들지 않는 것인지, 언제 다시 그런 일이 생길는지. 그는 예민해졌어. 예전의 그가 아니었어. 작은 바람에도, 조그마한 온도차에도, 기울어진 햇살의 각도에도 아이가 조금이라도 늦게 오는 날이면 그는 바짝 몸을 세우고 가지를 흔들었어.

아이도 예전과 달라졌지. 그를 찾아오지 않는 날이 조금씩 늘어갔어. 하루씩 건너뛰다 어떤 때는 이틀씩. 운동장에 나오더라도 그늘에 머물지 않는 날도 있었고. 동네 아이들과 공을 차고 놀다 무심히 집으로 돌아가는 날, 말없이 그를 지나쳐 뛰어가는 날이 늘어갔지. 그는 말라갔어. 가지는 거칠어졌고 잎은 노랗게 샛노랗게.

"아빠, 블라블라블라 잎이 다른 나무에 비해서 좀 빨리 시드는 것 같지 않아요? 다른 나무는 아직 초록이 남아 있는데, 블라블라블라의 잎은 벌써 갈색이에요."

(그렇네. 이제 곧 가을이니까. 블라블라블라는 계절을 조금 빨리 느끼나 보다.)

'너 때문이란다. 네가 오지 않을까? 내일은 올까? 말을 걸지 않을까? 또다시 잠이 들까? 하루하루가 불안하단다. 뿌리에서 물을 끌어 올려도 가지 끝까지, 잎사귀 끝까지 올라가지를 않아. 가슴이 뜨겁고 목이 타서 가지 끝까지 가기 전에 다 마셔버리고 말아. 모두 말라버리고 말아.'

"그래도 별일 없는 거지요? 큰 나무니까 빨리 잎이 시든다고 해서 나무가 죽지는 않는 거지요?"

(나무는 사람보다 훨씬 강해. 잎은 저렇게 갈색으로 말라가도 속은 여전히 건강하단다. 그래야 내년 봄에 또 꽃을 피우지 않겠니?)

“맞아요. 꽃. 지난봄에는 블라블라블라를 잘 알지 못해서 꽃이 어떻게 피었는지 기억이 안 나요. 내년 봄에는 꼭 볼 거예요. 사진도 찍고. 그리고 블라블라블라가 뿌려주는 꽃비도 맞고 싶어요. 떨어지는 꽃잎을 손으로 잡아보기도 하고.”

(그러자.)

‘내년 봄. 내년에도 나는 여기 서 있을 거야. 꽃도 피우겠지. 너만, 너만 변하지 않으면. 너의 목소리를 계속 들을 수 있다면, 네가 지금까지 본 어느 꽃보다 아름다운 꽃을 보여줄 거야. 약속할 게.

너는, 너는 약속할 수 있겠니?’

아이가 온 날, 아이가 말을 걸어온 날, 그는 어떻게든 힘을 냈지. 아이에게 뿌려줄 꽃비를 상상하며 가지 끝까지 물을 올려 보내려 애를 썼어. 그런 날은 힘이 들어도 행복했어. 들리지 않을 소리로 흥얼거리기도 했지.

아이가 보이지 않는 날은 그저 가지를 늘어뜨릴 뿐이었어. 비가 내려 촉촉한 날에도 물을 길어 올리지 않았어. 그저 젖은 채서 있었어. 잎사귀들이 마르고 떨어져도 눈길 하나 주지 않았어. 바람에 이리저리 흔들리는, 앙상해져 가는 가지를 붙잡지 않았어. 멍하니 그저 멍하니 있었어.

"이제 조금만 있으면 여덟 살이 된다. 초등학교에 들어가는 거지. 형아처럼 말이야. 형아는 이 학년이 될 거고. 아침에 형아 손을 잡고 학교로 갈 거야. 선생님도 만나고 친구들도 많이 생기겠지. 벌써 생각만 해도 기분이 좋아."

'……'

"그리고 아빠가 자전거도 사주신다고 했다. 여덟 살이 되면. 공원에 가서 씽씽 달릴 거다. 잘 타는 형아들처럼 두 손을 놓고 타기도 하고, 내리막에서 쒸잉 하고 내려오는 거야. 정말 시원할 것 같지 않아?"

'그렇겠네. 여기 운동장에 오는 것은 더 힘들어지겠네. 내게 말을 거는 것도.'

"혹시 일 학년이 되어서 친구들이랑 여기서 공을 차고 놀게 되면 블라블라블라가 공이 밖으로 나가는 것도 막아주고 그래야 해. 내 편이 되어서 말이야. 항상 그랬듯이."

그는 아직 '응'을 만들지 못했다는 사실이 떠올랐어. 그러나 그게 중요하지 않았어. 아이가 여덟 살이 되어가고 있었으니까. 공원에서 자전거를 탈 것이고. 그를 찾아오는 날은 더욱 줄어들겠지. 다시 긴 잠에 빠져들지 되지 않을까. 그는 두려웠어.

햇빛을 막기 위해 만들었던 그늘은 이제 가장 추운 자리가 되었어. 아이가 오지 않

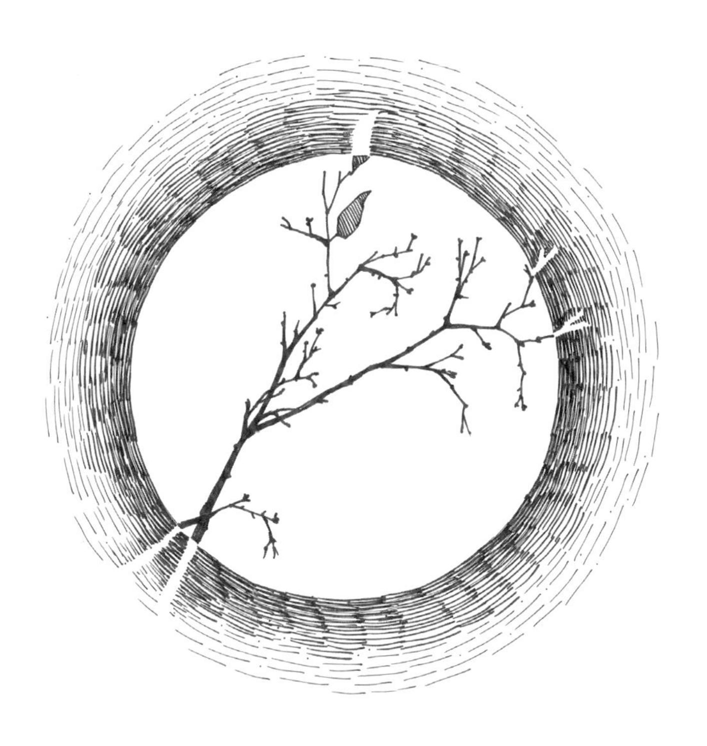

는 날이 더 늘어갔지. 나왔다 하더라도 그늘의 반대편, 햇살이 비치는 곳에 잠시 머무르기만 했어. 그는 더욱 말라갔지. 아이의 방에 켜지고 꺼지는 불빛을 보며 어둡고 추운 밤을 견뎌낼 뿐이었어. 자꾸만 눈이 감겼지만 가끔씩 불어오는 차가운 바람이 몸을 흔들었지. 그는 눈을 떴고 바람에게 고맙단 말을 해야 했어.

그럴 때마다 잎이 세 개씩 떨어졌지.
어느 틈엔가 잎은 거의 다 떨어져 버렸어.
몇 개 남지 않았지.

"아빠, 블라블라블라 가지에 돋아난 저건 뭐예요?"
(아, 저거. 꽃눈이지 싶은데.)
"꽃눈이 뭐예요?"
(봄이 되면 저 꽃눈에서 꽃이 핀단다. 겨우내 꽃을 준비하는 거지)

그는 그제야 가지 끝에 돋아난 조그만 것들을 보았어.

'저것들이 꽃이 된단 말이지.'

그러고는 아이와의 약속을 떠올렸어.

'꽃비. 그래 이렇게만 있을 수는 없어. 무엇이든 해야지. 아이와 약속을 했잖아.'

아이가 오지 않을까, 말을 안 걸지는 않을까. 그는 걱정하지 않기로 했어. 일어나지 않은 일로 불안해하지 않기로 마음먹은 거지. 내년 봄, 아이가 실망하지 않도록 꽃을 준비하는 데 온 힘을 다하기로 했어. 아래로부터, 깊은 아래로부터 물을 끌어 올렸어. 가지 끝, 마디마다 움튼 꽃눈들이 마르지 않도록, 힘들지 않도록 살폈지. 찬 바람에 상할까. 큰 가지로 조금 가는 가지를, 조금 가는 가지로 아주 가는 가지를 보호하며 다음 봄을 준비했어.

'나에게 다음 봄이 있을까. 지난봄의 기억이 없으니 나에게도 첫 봄이 아닌가. 최

선을 다해서 첫 봄을 준비해야겠다.'

스스로를 다독였어.

가끔씩 찾아온 아이가 몸통에 손을 댈 때마다 그 손을 느끼고 기억하는 데 집중했어. 어디를 만졌는지, 얼마나 따듯했는지, 몇 번을 쓰다듬었는지.

그해, 마지막 날이었어. 아이가 찾아왔지. 그의 몸에 손을 대며 말했어.

"장갑을 끼지 않았는데도 차갑지 않네. 겨울인데도 블라블라블라 몸통은 참 따듯한 것 같아. 새해 인사를 미리 하려고 왔어. 내일 아침에 일어나 제일 먼저 너한테 인사 하고 싶은데 오늘은 늦게 잠 들 것 같거든. 너무 늦게 일어나서 인사 못하고 아빠랑 같이 할아버지 댁에 갈지도 몰라. 할아버지가 새해 첫날이라고 빨리 보고 싶다고 하셨어."

잎 하나.

“그래서 하루 일찍 인사하는 거야.”

잎 두 개.

“지금 할게. 음. 올해 정말 고마웠어. 내 말을 듣지 못하겠지만. 형아랑 공놀이할 때 막아줘서 고마워. 만들어 준 그늘도 근사했어. 내일이면 나는 여덟 살이고 곧 초등학생이 될 거야. 자주 못 올지도 모르지만, 그래도 자주 오려고 노력할게. 우리 집에서 보이니까 거기서라도 볼 수 있겠지. 새해에는 블라블라블라도 건강하길 바랄게. 올해처럼 일찍 시들지 말고. 그리고 다가오는 봄에는 꽃을 아주 멋있게, 예쁘게 피우는 거다. 난 다른 곳에 있는 꽃을 보러 가지 않을 거니까. 네가 책임져야 해. 블라블라블라 새해 복 많이 받아.”

잎 세 개.

아이 옆으로 남아 있던 마지막 마른 잎들이 떨어졌어.

그해 겨울 아이는 운동장에 나오지 않았어. 겨울이 지나 봄이 왔고 아이는 초등학교에 입학을 했지. 아이는 운동장을 잊은 듯했어.

가끔 아이가 운동장 옆을 지나갔고 가끔 그것의 가지가 바람에 흔들렸지만 아이도 그도 아무렇지 않았어. 그것은 긴 잠에 든 듯했어.

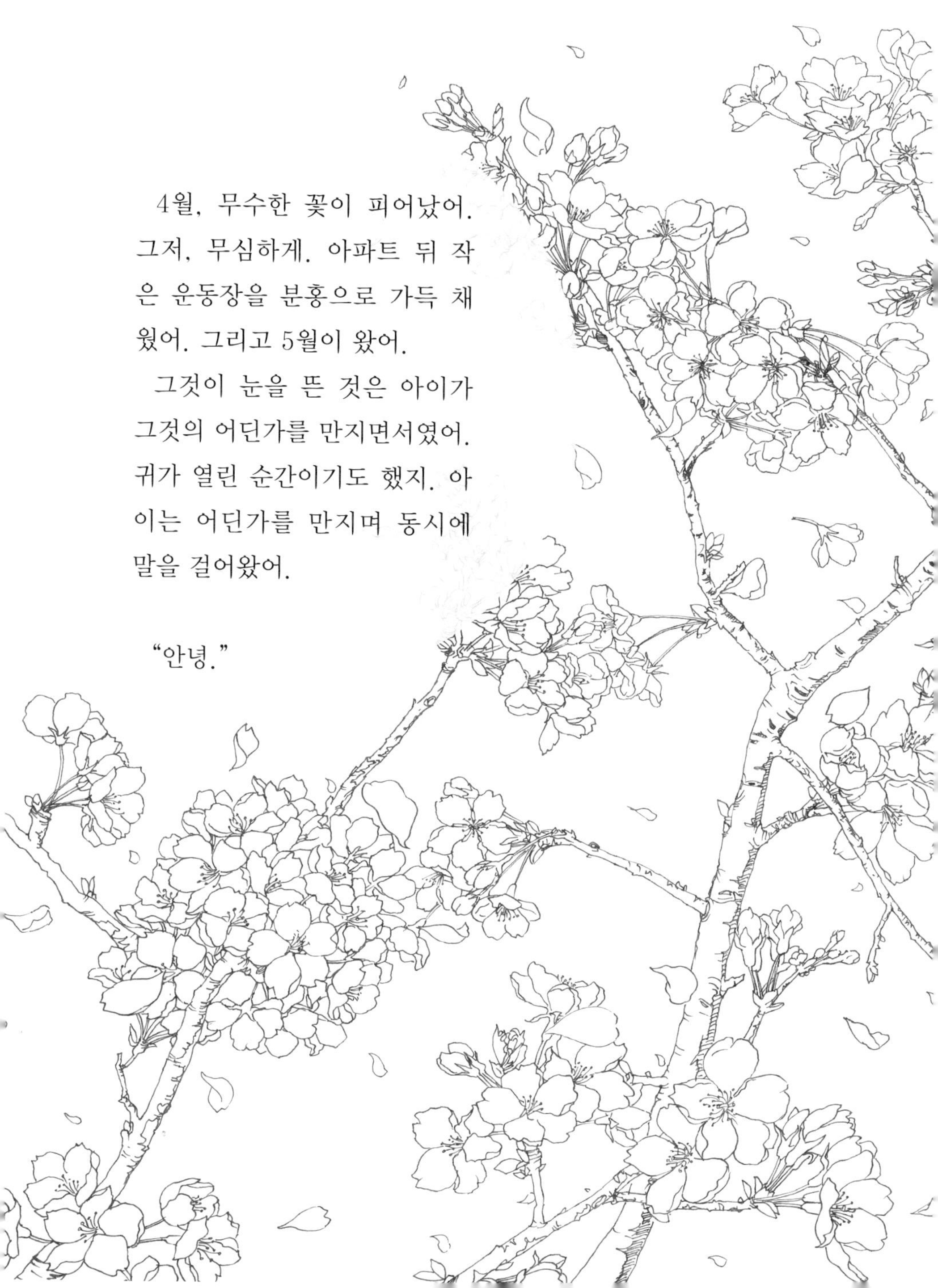

4월, 무수한 꽃이 피어났어. 그저, 무심하게. 아파트 뒤 작은 운동장을 분홍으로 가득 채웠어. 그리고 5월이 왔어.

그것이 눈을 뜬 것은 아이가 그것의 어딘가를 만지면서였어. 귀가 열린 순간이기도 했지. 아이는 어딘가를 만지며 동시에 말을 걸어왔어.

"안녕."

말을 걸어서 눈을 뜬 것인지, 만져서 눈을 뜬 것인지 알 수가 없었어. 처음 보는 세상이었어. 그것은 자신에 대해서도 알지 못했지. 그것이 처음 본 것은 한 아이였어.

심심해요. 아이가 투덜댔을 거야. 이불 속 아빠의 몸을 안아 흔들었을 것이고 컴퓨터 앞에 앉아 있는 형에게 말을 걸었을 거야. 아빠는 꿈쩍하지 않았고 형은 아무 대답도 하지 않았겠지. 결국 엄마가 나섰을거야. 뽀송뽀송하게 마른 빨래 더미를 거실 바닥에 쏟아부으며 말했겠지. 아이와 놀아주던지 빨래를 개든지, 하나 골라보라고. 아이와 아이의 형과 아빠는 아파트 뒤 작은 운동장으로 나갔어. 4월? 5월? 5월이었을 거야. 아래로 떨어진 동백의 붉은 꽃잎이 붉다 못해 까맣게 타들어 가던 아니 말라가던 중이었으니.

5월의 어느 일요일이었어.
아이와 아이의 형과 아빠는
아파트 근처 운동장으로 갔어.